KB130143

환호하는 봄날이다

책 만 드 는 집
시인선 247

# 환호하는 봄날이다

윤종순 시조집
YUN JONG SOON

책만드는집

오감이 살아 있는
모든 곳에서
시조가 뿌리내리는
그 날을 그립니다.


2024년 8월

윤종순

| 차례 |

# 2부

# 3부

# 4부

# 5부

1부

# 화전

희미한 낮달 위에
꽃잎을 놓습니다

두려움 떼어내고
설렘을 얹으면서

찬란한
날들을 새겨
당신께 보냅니다

# 봄의 걸음걸이

뒤꿈치
살짝 들고
엉덩이를 흔들면서

바람과
손 맞잡고
왈츠를 추고 있다

한 아름
프리지어를
들고 오는 봄의 길목

# 물음표로 내리는 비

마른 가지 올라타고
곡선으로 흐른다

구석구석 살피면서
괜찮냐고 물어보는

수많은 호기심들이
그려내는 동심원

# 벽

퇴직 후 요리를 배운다는 옆지기
이제는 밥만 하소
큰소리 쳐보아도
신노년 적응하려니 하루해가 버겁다

샌드위치 주스 한 잔 아침밥 대신하고
일품요리 시켜 먹고 반찬 가게 섭렵해도
뚝배기 된장찌개에
비벼 먹는 묵은 정

# 한결같이


다섯 시면 어김없는
응원의 메시지다

단잠을 깨워주는
부드러운 알람 소리

첫새벽
말문을 여는
익숙한 엄마 음성

# 그리움은 무음이다

삼십 년도 더 지난 고향 집 벽면에는
하루에 두 번은 정확하게 맞추면서
아버지 유품인 시계 그나마 숨을 쉰다

자식들 귀가 시간 기다리며 쳐다보던
초조한 얼굴 표정 아홉 시에 멈춰 있다
약속을
꼭 지키라는
무음의 당부 말씀

# 기다림의 미학


셴 불길에 재가 된
삼겹살 한 점 들고

성급하게 보챈다고
되는 일이 없다는 걸

사랑도 푹 기다려야
속까지 익는다는 걸

# 땀방울 무늬

잘려나간 더위가 가을 문턱 넘고 있다

누런 호박 붉은 고추 제 몫을 채워가니

부모님
웃음소리가
꽃바지에 묻어난다

# 죽녹원에서

촘촘한 바구니에
분주함 걸러내고

달빛 가득 담아 이고
쉼표를 받아낸다

왁자한
더위마저도
발길을 멈추었네

# 희아리*

물 주고 바람 막아 정성을 쏟았건만
희끗희끗 얼룩으로 불만을 뱉는 고추
참았던 화끈한 성질 반점으로 나타난다

제 빛깔 내지 못해 문전박대 당하고
막된장 양념으로 쓰이기도 하지만
매운맛 고집 하나로 여태껏 살아왔다

혼자서 끙끙대며 아무리 노력해도
뜻대로 되지 않아 몸부림치던 나날들
견디고 달랜 자국이 반항하던 사춘기다

* 희아리: 약간 상한 채로 말라서 희끗희끗하게 얼룩이 진 고추.

# 60대 취준생

노령연금 받을 날이 아직도 멀었는데
이력서 내밀어 봐도 면접조차 절벽이다
측은한 아내 모습에
얼어붙은 발걸음

노을에 물든 단풍 가슴으로 읽으면서
산길을 배회하다 모퉁이에 기대앉아
지난날 덮어 두었던
갈맷빛 펼쳐 본다

# 꽃의 기억

낙동강 물길 따라
흘러가는 금계국

삼삼오오 짝을 지어
꽃길을 따라간다

자꾸만
뒤돌아본다
굽이지는 첫사랑

# 옥수수

지루한 장마 끝에 텃밭에 가보았다
빗줄기 받아내고 바람에도 씩씩하게
장병들 일렬로 서서 폭염을 조준한다

껍질을 벗겨보니 알알이 여물었다
한증막 속에서도 비지땀 흘려가며
고르게 엮은 날들은 갈치잠의 결정체

# 신풍속 보릿고개

물가가 올라가니 돈 가치는 바닥이다
킹달러 고금리에 불안감만 들썩인다
기대감 점점 멀어져 바닥 밑의 지하실


눈 맞춤 발 맞춤이 엇박자로 돌아가고
은퇴자는 비과세 분리과세 짜맞춰도
공모주 토막 행진에 휘청대는 개미허리


빅 스텝* 자이언트 스텝* 가뿐히 넘고 넘어
갓 스텝* 되기 전에 경쾌한 리듬 찾아
흥겨운 스텝 밟으며 춤출 날을 기다린다



* 빅·자이언트·갓 스텝(미국연방준비제도가 물가조정을 위해 기준금리 인상 폭).

2부

# 목단 꽃 피다

복개천 물소리도 쓰다듬는 허름한 집
엉켜 있는 전깃줄은 차라리 설치 미술
깊숙한 다락방에서 내일을 껴안는다

여린 맥박 되살리고 뼈대를 바로 세워
풍성한 꽃잎으로 바람을 여미면서
골목길 지키고 서서 여유를 불러온다

# 슬로모션

갈치를 먹으려다
목에 걸린 생각 하나

허기를 채워주던
먹비린내 한 토막

종갓집 맏며느리는
젓가락질 안단테다

# 봄날을 찾다

몇 번씩 물으려니 민망하고 미안해서
급변하는 시대에 주저앉은 노인들
마음은
앞서가지만
몸놀림은 굼뜨다

컴퓨터 할 줄 몰라 좁혀지지 않는 간격
흥건한 땀 훔치며 직구를 날리다가
어쩌다
로그인되면
환호하는 봄날이다

# 태풍 불던 날

강풍으로 배달된
수능 날 시험지다

뒤집힌 정답들이
진로를 바꾸는 중

빗나간 예상 문제를
허둥지둥 적고 있다

# 꽃댑싸리

잔돌에 넘어질까
이리저리 살펴 가며
일상을 싸리비로
다듬으신 마음 마당
부모님 여문 정성이 가을볕에 붉게 탄다


서로가 서로에게
사진작가 되어가며
한 폭의 풍경 속에
모델이 된 우리 가족
꽃들도 눈이 부셔서 한 발짝 물러선다

# 불일암

댓돌 위에 여전히
남아 있는 그림자

후박나무 귀 기울여
독경 소리 듣는다

바람에 몸을 날리며
비우라는
법문 한 줄

# 소주병에 담긴 말

녹이 슨 대문 앞에 널브러진 빈 병들
화이트 좋은데이 처음처럼 그리워예
가슴에 담아둔 말들 청소차가 실어 간다

변화무쌍 가상화폐 허공에 흔들린다
전봇대 타고 가는 나팔꽃 위 아침 이슬
시원한
천년의 아침
무학으로 찾아간다

# 과부하

우리 집 막둥이를 데려가도 되나요
치와와를 막내로 입양한 사촌 동생
할머니 기일 아침에 전화하며 묻는다

밥그릇 명품에다 간식까지 일류 요리
개를 안고 둥개둥개 얼려가며 눈 맞춘다
제삿날 재롱둥이로 자리 잡은 반려견

# 스쿨존

다급한 경적 소리
신호등에 걸린다
노란색 피라미드에
그려진 신발 두 짝
등굣길 횡단보도는 붉은색 선명하다

주인 잃은 아픔이
폭우로 내리친다
깜짝 놀란 동심들이
손에 손을 맞잡고
울타리 안전지대도 살피면서 건넌다

# 누드 김밥

색색의 재료들을 밥 위에 펼쳐놓고
바다 한 장 가져와서 살며시 덮어가며
안과 밖 뒤집혀 놓은 벌거벗은 도전이다

속까지 영양 만점 내 솜씨 뽐내는 날
옆구리 터지지 않는 자부심을 돌돌 말아
통통한 하루를 잘라 보기 좋게 담는다

# 아이고 아이구야


앉았다 일어설 때
저절로 나오는 말

끝없는 농사일에
통증을 달고 사는

어머니 입에 붙은 말
내 가슴을 찌른다

# 고갈비

달구어진 석쇠 위에 간고등어 한 마리
이리저리 뒤집으며 노릇노릇 할 때까지
알맞게 익혀가면서 지친 하루 굽는다

아무리 뜨거워도 돌아눕지 못하고
서슬 퍼런 이야기도 맛나게 씹으면서
청춘은
지금부터다
건배사를 외친다

# 온기를 만나는 날

섣달그믐 아랫목에 둘러앉은 부모 형제
동여맨 허리띠 풀자 이야기가 쏟아진다
넘치는
동동주 잔에
발효된 가족 사랑

살가운 안부들이 방 안 가득 자리 잡자
넋두리 슬그머니 뒷전으로 물러나며
하나둘
빠져나와서
새벽 향해 걸어간다

# 3부

**영어 번역**
김민지, 이지원


**일어 번역**
배리라, 김익수

# 꽃밥

진달래 꽃잎으로 눌러 담은 고봉밥

액자 속에 앉아서 사계절을 아우른다

환하게 피어오르는 봉긋한 엄마 젖가슴

# Flower rice

Gobongbap* pressed with full of azalea petals

Embraces the four seasons in a frame

Generous mother's breast rising up brightly

* Gobongbap: A full of rice like a mountain.

# 바다 시어

파도가 바위 뺨을 사정없이 후려친다

부딪혀야 뱉어내는 하얗게 벼린 말들

문장을 실어 나르며 밑줄 긋는 수평선

# A poem of the sea

The waves smashes cheeks of a rock with no mercy

White words that are spat out only when they are struck

The horizon that carries and underlines a sentence

# 낙엽 고백

손녀가 건네준 낙엽 한 장 받아든다

알록달록 물이 들어 마음마저 오색이다

할머니 사랑합니다
훅, 가을이
명징하다

# A confession of fallen leaves

A single fallen leaf handed by my granddaughter

Cute little hand is colorful and even my heart is in beautiful colors

Grandma, I love you
Oh, the autumn is
crystal clear.

# 연필의 힘

뾰족한 힘을 실어 일기장에 눌러 쓴다

흐린 날은 묵직하게 맑은 날은 산뜻하게

제 살을 깎아내면서 빈자리를 채운다

# The power of a pencil

Press down on the diary with sharp power

Deeply on cloudy days lightly on clear days

Empty space has been filled by sacrificing its life

# 덧셈

구세군 냄비 속에 떨어지는 동전 하나

나눔을 여는 빗장 한 음계씩 올라가고

혹한이 휘몰아쳐도 훈훈한 체감 온도

# Addition

A coin falling into a Salvation Army charity pot

Sharing thanks to opening a latch is going up like musical scale

Even in the midst of a bitter cold, a warm sensory temperature

# 나도 그래

안경 둔 곳을 몰라
이 방 저 방 더듬는다

약속 시간 못 맞출까
다른 안경 챙겼는데

승강기 거울 보다가
머리 위 저것, 뭐꼬

# 私もそうよ

眼鏡をどこに置いたのか
あちこち探し回ったのに

約束に合わないかと
別のをかけたのに

エレベーターで鏡見たら
豆の上にアレは何だ

# 미나리

우리 집 밥상 위에
파릇한 생기 돈다

흙물에서 건져 올린
진한 향기 한 묶음

발 벗고 견뎌낸 삶이
꿋꿋하게 서 있다

# 芹
せり

うちの食卓の上に
しょくたく　うえ
青々とした生き生きする
あおあお　　　い　い

泥水から掬った
どろみず　　すく
濃い香り一束ね
こ　かお　ひとたば

自ら耐えた生が
みずか　た　　いき
丈夫に 立っている
じょうぶ　た

# 찰나

가을 하늘 배경으로
잠자리 탑을 돌다

찰주 끝에 미동 없이
좌선하는 모습에

햇살도 알아차리고
고요로 숨을 쉰다

# 刹那(せつな)

秋(あき)の空(そら)の背景(はいけい)に
トンボが塔(とう)を回(まわ)りかけ

擦柱(さっしゅう)の 先(さき)に 微動(びどう)だにせず
坐禪(ざぜん)する間合(まあ)い

日差(ひざ)しも氣(き)ついて
靜(しず)けさで息(いき)をつく

# 백세 시대

식사 후 꺼내 놓은
약들이 수북하다

줄줄이 펼쳐지는
지병 자랑 끝이 없고

한 움큼 드시는 약이
지팡이가 되고 있다

# 百歳時代

食事の後にとり出した
薬が山盛りだ

ずらりと並べる
持病自慢果てがないで

一握りの召し上がる薬が
杖になっている

# 동짓날

팥죽에 뜨는 새알
액을 막는 부적이다

길고 긴 밤의 기운
걸쭉하게 휘저어서

경계에 걸린 햇살을
부글부글 끓여 낸다

# 冬至
とうじ

小豆粥に浮かぶ団子は
あずきがゆ　う　　　　だんご
厄払いのお守りだ
やくはら　　　　まも

長い長い夜の氣運
なが　なが　よる　きうん
どろどろとかき回し
まわ

境界にかかった日差しを
きょうかい　　　　　　ひ ざ
ぶつぶつ煮出す
に た

63

4부

# 디딤돌로 거듭나다

아버지 두루마기 다듬잇돌에 올려놓고
구겨진 자존심도 속속들이 찾아내어
시름을 바로 펴면서 매만지던 어머니

손때 묻은 세월을 비바람에 씻으면서
지금은 계단 아래 디딤돌로 드러누워
웬만한 힘든 무게도 불평 없이 받아준다

# 분갈이


사방이 막혀 있어
봄이 온 줄 몰랐는데

뒤집어 엎어보니
둥그레진 눈빛 하나

겨울이 키워낸 새싹
흙을 털고 일어선다

# 밭고랑 카페

고랑 따라 번져가는 잡초를 뽑다 보니
바닥을 꽉 붙잡고 뻗어가는 고구마 줄기
온몸이 흙투성이라도 마음만은 풀꽃이다

살며시 부는 바람 구름 그늘 불러오며
허리 펼 날 없었던 호미마저 땀 식힌다
시원한 커피 한 잔에 온 세상이 싱그럽다

# 노인주간보호센터

배우고 싶었는데 이제야 이루었네
방금 들은 이름을 돌아서면 까먹지만
신발을 먼저 신는다 아침이면 어김없이

주름살에 얹혀 있는 해맑은 얼굴들이
동심으로 돌아가서 손뼉 치고 노래하고
어느덧 지나간 하루 아쉬움이 더해진다

# 작설차

덖음의 불구덩이
돌아누운 참새 혓바닥

한마디 말도 못한
그 맛이 감파랗다

어머니
뭉클한 젖향
입안에서 맴돈다

# 가시연꽃

흙탕물 헹구어도
젖지 않는 아우라

쪽지벌에 빗금 치는
보랏빛 문장이다

잎들도 등고선으로
봉오리를 옮긴다

# 잠시나마

일손이 부족하여
노인들도 바쁜 날
일당은 올라가고 걱정은 태산인데
수확기 놓칠까 봐서 소매 걷은 맏손자

뿌리째 딸려 나온
살 오른 수미감자
공들여서 키워낸 인물들이 훤하다
땡볕도 쉬었다 가는 오뉴월 특대 박스

# 자별한 맛


검은 반점 박혀 있는
복숭아를 만져본다

병충해와 힘 겨루다
물러져 아문 자국

흠집을
도려낸 곳에
꿈틀대는 생명 하나

# 페튜니아


다년생으로 살다가
일년생 취급받는

가로등 옆구리에
매달려서 만개한 꽃

목청을
가다듬으며
괜찮다고 떼창한다

# 힐링

부잣집 휴가지는 호캉스가 대세이고
산새의 여행지는 오지의 숲속인데
시린 맘 녹일 이들은 고향 품속 찾는다

조만간 우주여행 현실로 다가와도
만 가지 이야기를 조목조목 풀어가며
풀숲을 뒤적이면서 짓고 싶은 시조 한 수

# 비와 함께

흩어진 생각들이
한꺼번에 퍼붓습니다

찻잔을 손에 들고
우린 속내 음미합니다

응어리 풀어지면서
환한 꽃 피어납니다

# 보양식이 따로 있나

장어탕 한 그릇에 한 잔의 복분자술
활력과 열정이 억수로 풍부합니다
기력을 소진했을 때 아낌없이 드세요

인생사 별것 있나 사람 냄새 맡는 거라고
피로를 녹이는 건
입맛 나는 웃음입니다
주거니 받거니 하던 지난 시절 그립습니다

# 달고기

보름달을 온종일
도려내어 팔고 있는

청년의 손놀림은
희망으로 바쁘다

주머니
부풀어 올라
어둔 밤을 밝힌다

# 시어를 씻는 밤

거슬리는 부분을 덮으려다 잘라내고
흐릿한 윤곽을 선명하게 그리면서
최첨단 박피 기술로 덧말까지 지워본다

어울리는 시어를 찾느라고 뒤척이다
시 눈 밑 다크서클 부풀어 올라와도
부러진 시의 날개를 다시 또 매만진다

5부

# 서서 하는 독서

없는 것 모르는 것 스스로 답을 찾아
아득한 길을 따라 걸어가는 길목에서
펼쳐진
페이지마다
생의 숨결 차오른다

갈피에 끼워진 은행잎도 살펴보고
잊고 있던 지난날도 활자로 불러낸다
정갈한
숲길을 가다
읽어보는 책 한 권

# 우레 비


이생에 다녀간다
상처 입은 니키 드 생팔*

지난밤 흑과 백
서로 향해 겨눈 총탄

낙동강 다리 난간에
눈물이 쏟아진다


* 니키 드 생팔Niki de Saint-Phalle: 여성의 평등과 권리를 주장한 프랑스 조각가.

# 삼일절 아침


태극기 달아 달라는
안내 방송 요란하다

몇천 세대 아파트에
드문드문 휘날리니

불같은 만세 소리가
앉을 곳을 찾는다

# 매화를 만나다

빗자루로 눈을 쓸며
분별도 쓸어낸다

허리 펴고 둘러보니
향기는 여전하다

찻물에 비치는 얼굴
낯익은 봄빛이다

# 황토집 짓기

모난 세월 골라내고 굴곡을 다지면서
평평한 바닥에다 가로세로 금을 긋고
지붕을
떠받쳐주는
대들보를 세웁니다

어긋남 맞춰가며 구들장 깔아놓고
눈빛으로 불을 지펴 눅눅함 말리면서
남향을 불러 앉히며 햇살을 들입니다

나무가 담장이고 배경은 하늘이라
마당으로 앉혀놓은 가까워진 앞산 정원
화사한 웃음 엮어서 방점 하나 찍습니다

# 석조에 고인 시간


탐진치 떼어내는
흥륜사지 목탁 소리

지금 막 씻고 나온
촉촉한 모습이다

내 생을 비추고 있네
변치 않는 그 모습

# 동행

젊은 날 속상할 때 파마하러 다니던
시장통 미용실에 오늘도 찾아간다
미용사 가위 소리에 사라지는 시간들

침침한 시력으로 삐뚤삐뚤 잘라도
거울에 비춰보던 노안인 엄마는
흡족한 미소 지으며
고마~ 됐다
엄지 척

# 불의 흔적

아침에 동쪽 바다 해를 안고 깨어나고
저녁마다 낙동강은 노을 품고 잠들지만
한 번도
데인 흔적을
보여주지 않았다

하찮은 말 한마디 사선으로 박혀 있어
상처의 깊이를 잴 수조차 없는 사연
속으로
타들어 가서
남아 있는 아시혈

# 과잉근심 증후군


아빠가 술 취하면
골목길에 넘어질까

엄마가 눈 감으면
혹시나 잘못될까

하늘이 무너질까 봐
시간만 허물었다

# 지하철 소묘

경로석에 앉아서 휴대전화 쳐다보며
좋아요 누르면서 고개 숙인 젊은이
지정석 무시할 만큼 피곤함이 두꺼웠나

머리도 못 말리고 급하게 타고 보니
발 디딜 틈 없는데도 비어 있는 임산부석
애틋한
생명의 자리
핑크빛에 물든다

# 얼린 욕심

나중에 먹겠다고 냉동실에 넣은 음식

까맣게 잊고 있다 먹지도 못하였네

통째로
견뎌낸 시간
순식간에 버려진다

# 배달의 민족*

들켜버린 노란 속내 절여진 자존심에
온갖 양념 버무려진 맛깔스런 모양새
새우젓 곰삭은 날도 짭짤하게 더한다

대문 앞에 배달된 일 년 반찬 배부르다
파도 소리 밀물 썰물 켜켜이 스며들며
어머니 함축된 사랑 탑으로 우뚝 선다

* 배달의 민족: 음식 배달 앱.

# 봄나물을 그리다

제사상에 한가득 차려 놓은 봄나물
유난히 나물 반찬 좋아하신 할머니
향기로
감싸고 싶은
그리움이 진하다

추위도 거뜬하게 이겨내던 마음에
풋정들 고루 섞어 양푼에 비벼놓고
둥글게
퍼 담으면서
시대 간격 맞춘다

# 연자

모든 색깔 다 섞으면 검은색이 되듯이
간절함을 뭉쳐서 씨앗으로 여며놓고
발아를 기다리는가 연밥 속의 언어들

새까만 눈빛 속에 만개를 심어놓고
푸른 잎을 넓히면서 한여름 더위 막아
대궁을
밀어 올리며
입을 여는 백련들

# 쉰 목소리

자식들이 많은데도 임종을 못 본 채로
돌아서 가는 길에 소주 한 잔 붓는다
한평생 맺은 인연이
허무하게
지고 있다

화려한 꽃 속에서 환하게 웃는 모습
가려진 한을 풀며 안개비로 내린다
어느새
젖어버렸다
쉰 목소리 한 다발

# 고향사랑 기부제


단감 주문 받습니다
추석 전 문자 한 통

흠난 것 가려내고
굵은 것만 쥐여 주던

부모님
깊은 사랑을
고향으로 되돌린다

해설

낮달과 꽃잎:
눈부신 설렘의 언어로 노래하는 시인

박진임 문학평론가


## 1. 불우한 시대를 견디게 하는 이미지의 힘

한국 이미지즘 시인의 계보는 새롭게 형성될 것임을 예언하게 하는 시인이 탄생했다. 윤종순 시인이다. 그는 시와 이미지의 밀접한 관계를 한 편의 단시조로 선명하게 드러내고 있다. 간결한 어휘 몇을 고르고 고른 다음 그 어휘들이 지닌 이미지들이 선명하게 텍스트에 구현될 수 있도록 여분의 것들을 과감히 삭제해 버린다. 잉여를 허여하지 않는 까닭에 끝까지 텍스트에 남겨진 이미지들은 더욱 또렷해진다. 먼저 「화전」을 보자.

희미한 낮달 위에
꽃잎을 놓습니다

두려움 떼어내고
설렘을 얹으면서

찬란한
날들을 새겨
당신께 보냅니다
　　　　－「화전」 전문

시조는 생략과 함축의 미학이 기반을 이루는 문학 장르이다. 시상은 간결해야 하고 전언 또한 선명해야 한다. 그처럼 언어를 아껴 쓰는 미덕을 발휘하면서도 의도하는 바를 정확하게 드러내기 위해서는 시인은 이미지의 힘을 빌어야 한다. 시인이 고르고 골라 마지막까지 아껴둔 시어들을 보자. 이 텍스트에서 시인이 직접적인 소재로 취하고 있는 것은 낮달과 꽃잎, 단둘이다. 텍스트의 원경에 '나'와 '당신'이 놓여 있고 '날들'로 표현된 특정한 시간대가 텍스트 주변에 머물고 있다. 낮달이란 참으로 특이한 대상이다. 달의 존재에게 적합한 시간과 공간은 밤과 하늘일 터인데 낮달은 부적절한 시간대에 동일한 공간에 여전히 남아 머물면서 자신의 존재를 주장한다. 낮달은 햇빛의 기운에 가려 고유의 빛을 잃게 되고 따라서 희미하게 보일 수밖에 없다. 그런데 그 낮달은 지금 이 시대를 함께 살아가는 사람들의 모습을 닮아 있기도 하다. 세월 속에 닳고 여위어 가는 우리 자신들의 모습이 낮달의 이미지에 겹쳐 보인다. 낮달은 어쩌지 못해 머물던 곳을 떠나지 못하는 우리들의 초상 같다. 이제는 인생의 정점을 통과한 채 쇠약해진 우리 시대의 무수한 인물들의 표상 같다. 시간은 그를 스쳐 지나가 버렸으나 자신의 공간에서 벗어나지 못한 채 머물고 있는 모든 이들을 낮달이 대표한다고 볼 수 있는 것이다. 칠흑 같은 밤하늘을 배경으로 삼았을 때에는 그윽하고 우아하던 것이 달빛이련만 이제 그 고유의 빛은 사라져 버리고 남은 것은 희미함뿐이다. 그 희미한 빛은 낮달이 지쳐 있음을 말해준다. 시대가 불안하므로 우리는 더욱 무기력할 수밖에 없고 더러 불우해 보이기까지 한다. 아일랜드 시인 예이츠W. B. Yeats가 오래전에 「비잔티움으로의 항해Sailing to Byzantium」에서 "노인을 위한 나라는 없다That is no country for old men"고 노래한 바 있다. 우리 시대엔 더욱 그래 보인다. 경험해 보지 않은 미래에 대한 두려움에 사로잡힌 채 많은 이들이 낮달처럼 희미한 빛으로 남아 있다.

그러나 윤종순 시인은 그 불우한 낮달의 이미지를 화전의 이미지로 단번에 바꾸어버린다. 단지 꽃잎 한 장을 달 위에 얹음

으로써 쉽사리 이미지의 변환을 이루어낸다. 희미한 낮달에
서 하얀 찹쌀 부꾸미의 이미지를 먼저 찾아낸 다음 시인은 거
기에 꽃잎 한 장을 올려놓는다. 그 꽃잎은 아마도 진달래 꽃잎
일 것이다. 꽃을 얹어 음식을 만드는 장면을 생각해보자. 찹쌀
가루를 반죽하여 부꾸미를 만들어 먹는 일은 결코 예술적인 행
위가 아닐 것이다. 그러나 거기 꽃잎 한 장 얹는 일은 그 현실을
예술로 바꾸는 일이다. 어쩌면 마술 같은 일이다. 운치 있고 우
아하며 더러 숭고하다고도 부를 만한 일이다. 꽃잎의 이미지
가 개입하자마자 텍스트는 비약하는 이미지의 힘을 느끼게 한
다. 시인은 그 과정을 통하여 두려움을 덜어내고 그 자리에 '설
렘'이 대신 들어서게 만든다. 시인이 어떤 두려움에 마음을 둔
것인지는 알 길이 없다. 그러나 두려움은 이미 우리 시대의 중
요한 특징이 되고 말았다. 시대가 불안하여, 삶이 막연하여, 세
상이 너무 빠르게 변하여, 사람들은 서로가 서로를 두려워하고
경계하며 그리하여 더욱 외로운 존재로 변해가고 있다. 두려
움이 가득한 마음에는 '설렘'이 함께 깃들기 어려울 터인데, 시
인은 낮달을 화전으로 바꾸는 이미지의 마술을 통하여 그 일을
가능하게 한다. 희미한 낮달의 '희미한'이 종장에 이르면 '찬란
한 날들'의 찬란함으로 바뀌는 것도 그러므로 지극히 자연스럽
다. 꽃잎 한 장이 가져다주는 변화가 무궁무진할 듯하다. 나비
의 날갯짓 하나가 결국은 폭풍을 몰아온다고 하는데 윤종순 시

인은 달에 꽃잎을 더하면서 화전을 만들어낸다. 상상력의 마술이 이미지즘의 힘과 만나 가능한 일이다.

불안이 일상이 된 현실에서 시인이 시를 쓰는 방식은 크게 두 가지 혹은 세 가지가 될 것이다. 먼저 현실을 날카로운 눈길로 직시하고 분석하면서 정확하게 재현하는 방식이 있다. 현실을 비웃고 조롱하면서 비틀어보는 작업도 크게 보면 그런 방식의 일종일 것이다. 다른 하나의 방식은 현실에 아예 눈길을 두지 않는 일이다. 스스로 초월의 길을 찾아내어 현실을 뛰어넘는 일도 이와 같은 두 번째 방식의 하나에 해당한다. 서정시의 본령에 해당하는 작품들이 주로 두 번째 방식에서 생산되었다고 볼 수 있다. 또 현실의 일부를 이루는 언어 자체와 대결하면서 상징계의 언어 질서 자체를 전복하거나 해체하려는 시도를 보여주는 시인도 있다. 언어가 언어로 통용되기 이전의 상태, 일종의 막연한 발화로 텍스트를 구성하거나 파편화된 음절 단위를 도입하여 실험적인 텍스트를 빚어내는 일군의 시인들이 있다. 제3 유형의 시인들이다. 윤종순 시인은 그중에서 두 번째 방식을 선택한 시인이라 할 수 있다. 현실을 정확하게 직시하면서도 그 현실이 가져다주는 중압감에 지배당하지 않는다. 세계의 비참함 속에서도 맑고 올곧은 정신은 지켜낼 수 있음을, 그처럼 가볍고도 숭고한 영혼을 지니고자 한다면 현실 또한 한결 가볍게 느껴질 수 있음을, 그리고 어쩌면 우리 시대가 전례

없이 참담한 현실을 전개하고 있어 우리 영혼의 맑음이 더욱 요구됨을 윤종순 시인은 텍스트를 통하여 주장하고 있다. 이처럼 혼탁한 시대에 한 편의 시는 우리 영혼의 감염을 막아내는 항체로서의 기능을 다할 수 있을 것임을 웅변한다. 「비와 함께」는 윤종순 시인이 삶과 시를 대하는 자세를 보여준다.

흩어진 생각들이
한꺼번에 퍼붓습니다

찻잔을 손에 들고
우린 속내 음미합니다

응어리 풀어지면서
환한 꽃 피어납니다
　　－「비와 함께」전문


윤종순 시인이 선명한 이미지즘의 시인임을 확인하게 해 주는 또 한 편의 텍스트가 「비와 함께」라고 볼 수 있다. 이 텍스트에서도 매우 단순한 소재들이 활용되고 있다. 비와 차라는 두 소재가 등장하여 한 편의 단시조를 이루고 있다. 텍스트에는 이항 대립적 구도가 견고하게 자리 잡고 있어 이미지의 선명함이 부각된다. 먼저 비의 차가움과 차의 따뜻함이 대조를 이룬다. 이어서 '퍼붓다'와 '음미하다'의 대립이 이어지고 '응어리'와 '환한 꽃'의 대조가 나타나면서 텍스트는 종결에 이르는 것을 볼 수 있다. 밖에서는 비가 쏟아지듯 퍼붓고 있지만 따뜻한 차 한 잔을 손에 받쳐 든 채 자신의 마음을 다스리고 있는 시인의 모습이 그 비와 확연한 대조를 이루며 선명하게 떠오른다. 결국, 비는 단순한 자연의 현상에 그치는 것이 아니라 시인의 산만한 내면세계를 드러내는 매개체임을 알 수 있다. 마찬가지로 차를 음미하는 일은 다시 평온한 마음으로 돌아가는 과정이라는 것을 알게 된다. 텍스트 내부의 시적 화자는 마음속 응어리가 풀리는 것을 깨닫게 되고 마치 활짝 핀 한 송이의 꽃을 대하는 듯한 밝은 마음으로 돌아간다.

결국, 시인은 이 텍스트에서 삶을 대하는 마음가짐에 따라 세상이 달리 보일 수 있다는 점을 일깨운다. 현실의 한계를 가볍게 넘어서는 일이 그다지 어렵지 않다고 노래한다. 꽃 한 송이에 삶의 모든 아름다움이 응집되어 있다는 것을 알아채는 일, 꽃 피는 시절 돌아왔다는 사실에 기꺼이 동참하는 일……. 그런 사소한 일들로도 마음은 한껏 맑아지고 우리 삶은 그것으로 충분하다고 속삭인다. 시인이 들려주는 귀엣말 앞에서 우리 삶은 공기 중으로 날아오르는 비눗방울처럼 가벼워진다. 그 비눗방울이 햇빛 받아 무지갯빛을 띠게 되듯 우리 영혼 또한 영

롱한 빛으로 충만해질 것 같다. 그런 시인의 노래는 봄꽃이 선사하는 즐거움에 동참하는 모습에서 가장 맑고 높은 음계로 울려 나온다.

뒤꿈치
살짝 들고
엉덩이를 흔들면서

바람과
손 맞잡고
왈츠를 추고 있다

한 아름
프리지어를
들고 오는 봄의 길목
―「봄의 걸음걸이」 전문

이 텍스트에서도 프리지어꽃 한 다발이 가져다줄 수 있는 삶의 환희가 단순하고도 명쾌하게 드러난다. 한 아름의 꽃을 도와주는 부가적 이미지는 바람과 왈츠이다. 그리고 프리지어는 종장에 이를 때까지 정체를 드러내지 않는다. 시인은 발뒤꿈치를 들어 올리고 엉덩이를 흔드는 시적 화자의 모습을 먼저 그린다. 무언지 즐거운 일이 있음을 예감하게 한다. 중장에 이르러서는 바람이 등장한다. 초장에 묘사된 시적 화자의 몸짓이 바람을 상대로 하여 추는 왈츠라는 것을 그제야 알게 된다. 그리고 마침내 시적 종결에 해당하는 종장에 이르면 그러한 시적 화자의 즐거움과 춤이 결국은 프리지어꽃을 사서 품에 안고 돌아오는 까닭에 가능한 것임을 알게 된다. 주제는 종장에서도 가장 마지막 구절에서 등장한다. '봄의 길목'이 텍스트 전체를 감싸 안는 가장 요긴한 시어임을 알 수 있다. 시인은 주제어를 보물처럼 감추어 두었다가 텍스트의 종결에 겨우 등장하게 만들고 있다. 한 편의 간결한 텍스트를 구성하면서도 치밀한 시적 장치를 동원하고 있음을 볼 수 있다.

러시아 형식주의자들이 지적하듯 문학 텍스트의 핵심은 낯설게 하기에 있다. 문학 텍스트를 형성하는 언어라는 질료들은 어떻게 배치하느냐에 따라 전혀 다른 성격을 지닌 사건들을 구성하게 된다. 가장 흔한 예로 "왕이 죽었다. 그리고 왕비가 죽었다"라는 서술과 "왕이 죽었다. 그래서 왕비가 죽었다"라는 서술 사이에는 계측하기 어려운 거리가 개재해 있다. "봄의 길목에서 나는 프리지어를 한 아름 안고 봄바람 속에 엉덩이를 흔들면서 춤을 추었다"라고 요약될 수 있는 언술을 이 텍스트에서 추출할 수 있다. 그러나 그 문장에서는 지극히 재미없고 보편적이며 단순한 서사 외에는 얻는 것이 없다. 시적 모티프들이 포함되어 있기는 하지만 시를 이루지 못한다. 그 시적 요소들이 한 편의 시를 구성하기 위해서는 그 모티프들을 재배치하는 기술이 요구된다. 그 기술을 창의성이라고 부른다. 춤추는 시적 화자가 먼저 등장하고 바람이 뒤이어 등장하면서 그 춤의 정체가 왈츠임이 밝혀지고 이윽고 한 아름의 프리지어가 등장하는 까닭에 이 텍스트는 한 편의 시가 된다. 정교하고도 치밀한 시어의 재배치! 거기에 시인의 창조성이 깃드는 것이다.

## 2. 그래서 더욱 간절한 기대

시대를 견디며 삶을 다시 챙길 수 있는 힘은 어디에서 오는 것일까? 아마도 그 힘은 마음속 깊은 곳에 뿌리 내린 나무 한 그루 심어진 까닭에 생겨나는 것일 터이다. 그 나무뿌리는 오래도록 물기를 머금고 있어 마음의 바닥이 말라 쩍쩍 갈라지는 것을 막아줄 터이고 작열하는 여름의 열기로부터 누군가를 지켜줄 것이다. 마음 깊숙한 곳에 자리 잡은 것이 나무가 아니라 씨앗 한 알이어도 무관하겠다. 백련 연밥 속에 씨앗이 촘촘히 들어앉아 꽃 피울 날을 꿈꾸듯, 윤종순 시인의 마음 밭에는 그런 야무진 개화의 꿈을 지닌 단단한 씨앗들이 가득 들어앉아 있는 듯하다. 「연자」를 보자.

> 모든 색깔 다 섞으면 검은색이 되듯이
> 간절함을 뭉쳐서 씨앗으로 여며놓고
> 발아를 기다리는가 연밥 속의 언어들
>
> 새까만 눈빛 속에 만개를 심어놓고
> 푸른 잎을 넓히면서 한여름 더위 막아
> 대궁을
> 밀어 올리며
> 입을 여는 백련들
> ―「연자」 전문

　시인이 지닌 내면의 힘을 가장 구체적으로 드러내 주는 '밀어 올리며' 구절을 보자. 씨앗이 있어 대궁이 솟아나고 결국은 백련이 입을 열게 된다는 이치를 시인은 하나씩 깨우치고 있다. 마치 계단을 밟아 오르듯 차근차근 그 과정을 그려낸다. 연꽃 피는 사연은 '발아, 만개, 밀어 올리며, 입을 여는'으로 차례차례 드러나게 되는데 그 시어들의 대척점에는 '뭉쳐서, 여며놓고, 기다리는가' 표현이 배치되어 있음을 볼 수 있다. 찬란히 꽃 피는 시간이 있다면 그 시간을 위한 침묵과 인내의 시간도 있어야만 하는 일이리라. 그 당연한 이치를 시인은 꽃 피는 사연과 함께 드러내고 있다. 주목할 부분은 연밥 속의 씨앗들, 즉 연자를 연밥 속의 언어들로 표현하고 있음이다. 씨앗의 모양으로 연밥 속에 들어앉은 것들은 한편으로는 연꽃 피는 일을 가능하게 하는 것, 즉 연꽃의 근원이다. 그러나 다른 한편으로는 그것은 시인의 발화를 가능하게 해줄, 삶의 경험과 기억들의 요소들이 응축된 것이기도 하다. 그러므로 '입을 여는 백련들'의 이미지는 개화와 발화를 동시에 지시하게 된다. 씨앗에 여며둔 것이 '간절함'이라는 표현을 얻게 된 데에서 그 점을 다시 확인할 수 있다. 연에게 있어서 가장 아름답고 향기롭게 꽃 피우는 일이 그의 업이라면, 그래서 연자가 가장 소중한 것, 끝까지 놓지 않도록 여미어 간직해야 할 어떤 대상이라면 시인에게는 자유로운 사상과 감정의 절묘한 표현이 그 업이 될 것이다. 그렇다면 시인이 여며둔 연자는 바로 언어임이 틀림없다. 시인은 간절한 마음을 뭉쳐서 단단하게 여미어두었다가 내면 깊은 곳의 힘으로 밀어 올리며 꽃잎 터뜨리듯 발화하게 될 것이다. '입을 여는 백련들'이라는 종장의 마지막 구절에 이르러 그 두 겹의 역사役事를 윤종순 시인은 이루어내고 있다. 입을 여는 일이 꽃의 개화이면서 동시에 누군가의 발화를 의미하는 것임을 보여주어 시어가 지닌 중의성을 충분히 구현해 내는 것이다.

### 3. 아이처럼 세상을 신기한 눈으로 바라보는 시인

　윤종순 시인이 지닌 상상력의 영토는 광활하다. 그 땅 위에 호령하는 주체의 목소리는 자못 우렁차기도 하다. 윤종순 시인에게 있어 재현의 대상은 자신으로부터 거리를 두고 저만치 떨어져 존재하지 않는다. 윤종순 시인이 거대한 상상력의 소유자이기 때문이다. 자신만의 고유한 시각으로 세상을 다시 바라볼 수 있게 하는 것이 상상력의 역할이다. 그러므로 윤종순 시인의 영토에서 시인을 주눅 들게 할 만큼 압도적인 존재는 처음부터 존재하지 않는 듯하다. 모든 것이 신선하게 다시 그를 찾아오고 시인은 어린아이처럼 천진한 태도로 그 대상을 맞는다. 그처럼 조화로운 혼융의 공간에서는 예술이란 숭고한 대상이기를 멈추고 일상의 일부가 되는 듯하다. 일상의 사소한 것들, 흔하디흔하여 한 번도 경탄의 대상이 되어 보지 못했던 것들이 윤종순 시인의 눈길 앞에서 새 옷으로 갈아입고 다시 시적 무대에 등장함을 보게 된다. 마치도 재투성이 아가씨 신데렐라를 유리 구두 신은 귀공녀로 변모시키듯 윤종순 시인이 가볍게 마술 지팡이로 톡톡 두드려주면 기운 없이 몸을 움츠리고 있던 지상의 모든 사물이 일어난다. 일시에 새 생명을 얻은 듯 미소 짓게 된다. 술꾼들이 밤새도록 마시고 내던져버렸을 법한 소주병들에서 한 편의 시를 발견하는 모습을 보자.

녹이 슨 대문 앞에 널브러진 빈 병들
화이트 좋은데이 처음처럼 그리워예
가슴에 담아둔 말들 청소차가 실어 간다

변화무쌍 가상화폐 허공에 흔들린다
전봇대 타고 가는 나팔꽃 위 아침 이슬
시원한
천년의 아침
무학으로 찾아간다
　-「소주병에 담긴 말」 전문

　화이트, 좋은데이, 처음처럼, 그리고 아침 이슬, 또 무학……
무척 귀에 익은 듯한 그 단어들은 텍스트 속에 숨겨진 이름들
이다. 소주병에 붙인 상표들에 등장하는 이름들이다. 누군가가
고르고 고른 어휘들이다. 소주라는 투명한 술에 적합한 이름을
찾느라 한국어 사전을 열심히 뒤져서 찾아낸 어휘들이다. 더러
는 외래어이고 또 일부는 순우리말이거나 한자어이다. 가장 맑
고, 그래서 가장 소주다운 소주라는 이미지를 전달하는 데에
바쳐진 이름들이다. 화이트는 소주의 '맑다'라는 속성을 대변
하고 있다. 또, 좋은데이는 다소 낯선 신생어이기는 하지만 누

군가의 감탄을 전달하기도 하고 하루를 즐겁게 마무리하라는 기원의 마음을 드러내느라 만들어낸 이름으로 들린다. 아침 이슬이라는 이름은 산뜻하게 하루를 시작해 볼 만하다는 기대를 하게 한다.

또한, 무학은 춤추는 학이니 소나무 숲이나 푸른 들판을 날아오르는 한 떼의 우아한 학을 그려보게 한다. 그처럼 숭고하고 맑고 우아한 이름들이 상업적인 쓸모를 다한 다음 버려져 있다. 효용 가치가 다한 다음에 버려져 시인이 형용하듯 '널브러진' 빈 병으로 남게 되었다. 그럴 때, 그 버려진 것들의 고유한 가치를 윤종순 시인은 조용히 복원하는 작업을 하고 있다. 처음 부여받은 이름의 값을, 그리하여 그 말의 가치를 제대로 되살리는 것이다. 그냥 버려지기에는 너무나 맑고 그래서 아까운 이름들, 그 이름들의 값을 되살리는 일은 과연 시인의 임무 중 하나라 할 것이다. 시인은 그 버려진 빈 병들의 '가슴에 담아 둔 말들'에 귀 기울이고 그들의 은어를 해석하는 자, 그리고 그들의 소리 없는 합창을 복기하는 존재이기 때문이다. 버려진 빈 병들로 하여금, 혹은 그들조차 다시금 꿈꾸게 하는 작업을 윤종순 시인은 거뜬히 해내고 있다.

그처럼 윤종순 시인에게 시 쓰기란 모든 존재로부터 그 고유의 의미와 가치를 찾아내는 일이다. 그런 다음 하나하나 호명하며 그들을 향한 노래를 불러주는 일이다. 그의 노래는 자주

햇빛 들지 않는 곳이나 그늘에 숨어 잘 드러나지 않는 대상들을 향한다. 시대의 요구에 적절히 부응하는 일이 참으로 힘겹게 느껴지는 노인들의 존재에 주목하고 그들을 향하여 따뜻한 위로의 전언을 들려주기도 한다. 「봄날을 찾다」를 보자.

> 몇 번씩 물으려니 민망하고 미안해서
> 급변하는 시대에 주저앉은 노인들
> 마음은
> 앞서가지만
> 몸놀림은 굼뜨다
>
> 컴퓨터 할 줄 몰라 좁혀지지 않는 간격
> 흥건한 땀 훔치며 직구를 날리다가
> 어쩌다
> 로그인되면
> 환호하는 봄날이다
> −「봄날을 찾다」 전문

　누군가에게는 참으로 쉬운 일이 다른 누군가에게는 도전이 되기도 한다. 우리 시대의 노인들에게는 컴퓨터 사용법 익히는 일도 그런 도전에 해당한다. 그러나 윤종순 시인은 그들의 삶에서 봄날을 찾고 환호성을 찾는다. 먼저 주저앉고, 흥건한 땀 훔치며, 좁혀지지 않는 간격을 조금이라도 좁혀 보려고 애쓰는 모습을 텍스트에 그린다. 그런 다음 어쩌다 로그인에 성공하는 순간 환호하며 봄날을 맞는 듯한 표정을 보이는 그들의 모습을 다시 그린다. 참으로 사소하지만, 그토록 작은 일이기에 오히려 소중함이 더하다. 시인은 '환호하는 봄날이다'라는 표현으로 텍스트를 마감하면서 그 대상들에게 축하의 꽃다발을 보낸다. 결국은 그처럼 사소한 일 하나에서 이 세상의 따뜻한 봄날이 완성되는 것임을 일깨우고 있다. 환호성과 함께 즐거운 합창 소리조차 들려올 듯하다. 살아 있는 모든 존재에게 위로와 격려의 전언을 보내면서 함께 봄날을 누리자는 시인의 속삭임을 듣는 듯하다.

그처럼 윤종순 시인은 우리 삶의 모든 페이지에 나타나는 사소한 사연들을 채록하여 시조 텍스트에 옮긴다. 그 작업을 통하여 우리 시대의 인물들과 그 삶의 모습들이 영원히 보존되도록 한다. 「동행」은 오랜 시간을 함께 보낸 후에 비로소 갖게 되는 너그러움을 노래하는 텍스트이다. 그 너그러움은 어쩌면 우정이라는 말로 대체할 때 더 적절해질 것 같기도 하다.

젊은 날 속상할 때 파마하러 다니던
시장통 미용실에 오늘도 찾아간다

미용사 가위 소리에 사라지는 시간들

침침한 시력으로 삐뚤삐뚤 잘라도
거울에 비춰보던 노안인 엄마는
흡족한 미소 지으며
고마~ 됐다
엄지 척
　－「동행」전문


　텍스트 속의 엄마가 흡족할 수 있는 것은 무슨 까닭일까? 그
답은 단일할 수 없다. '침침한 시력'에서 보듯, 노화로 인하여
눈으로 분간한다는 것이 어려운 상태이기 때문일 수도 있고 혹
은 첫 수에 나타난 것처럼 시간들이 그 너그러움을 매개하는
것일 수도 있다. 우리 삶에 있어서 오랜 세월 동안 함께 살아왔
다는 일이 지니는 의미, 즉 동행의 미학을 떠올리고 되새겨보
면 우리는 모든 것에 흡족한 미소를 보일 수밖에 없을 것이다.
윤종순 시인은 그처럼 우리 삶의 익숙한 장면들을 텍스트에 담
아내면서 사소한 일상의 소품들이 모두 시가 될 수 있음을 보
여주고 있다.

## 4. 시조의 형식으로 자유를 노래하는 시인

윤종순 시인은 시조의 형식적 특징에 민감하게 반응하면서 시조 고유의 요소들을 상상력의 원천으로 활용하는 모습을 보여준다. 한국 문학 연구자 정병욱이 정리한 바와 같이 시조 형식에 주로 동원되는 3음절과 4음절의 어휘들은 한국어의 기본적 성격을 반영하는 것이다. 그와 같은 3, 4음절 어휘들을 자연스럽게 배치하면서 시상을 전개해가는 것이 시조 창작의 요체라고 볼 수 있다. 혹자는 그런 시조 형식의 요구를 제약으로 느끼기도 하지만 윤종순 시인은 그 형식적 특징을 정확히 이해하면서 이를 창작의 과정에서 즐겁게 활용하는 시인이다. 「힐링」을 살펴보자.

조만간 우주여행 현실로 다가와도
만 가지 이야기를 조목조목 풀어가며
풀숲을 뒤적이면서 짓고 싶은 시조 한 수
－「힐링」둘째 수

시조 형식의 제약을 거부하고 자유시 형식을 선택하여 창작하는 시인이 많은 우리 현실에서 윤종순 시인은 오직 시조 한수를 짓고 싶다고 천명하고 있다. 풀숲을 뒤적이면서 짓고 싶

다고 노래하고 있으므로 풀숲에 숨어 있는 보물을 찾듯 아직
눈에 띄지 않은 시조 한 수를 발견하고 싶다는 노래로 읽어도
되겠다. 조만간 우주여행이 현실이 될 날이 다가오고 있는데
시조 시인들은 육백 년이 넘는 오랜 전통을 지닌 우리 고유의
정형시형에 이끌리고 있다. 우주여행은 인류가 아직 경험해보
지 못한 무한한 자유를 선사할 것이다. 그처럼 많은 사람이 자
유로운 것, 새로운 것, 낯선 것에 이끌릴 때 윤종순 시인은 오히
려 오래 묵은 대상을 향해 나아가고자 한다. 어쩌면 진정한 자
유로움은 그처럼 적당한 제약과 구속이 함께하는 곳에 존재하
는 것인지도 모른다는 이야기를 들려주는 것 같다.

  윤종순 시인은 시조 형식의 제약을 기꺼이 받아들이고 적극
적으로 창작에 활용할 수 있는 시인인데 그것은 그가 충분한
언어 능력을 지녔기 때문에 가능한 일이다. 그는 시조의 시조
됨을 정확하게 드러내는 텍스트를 선보인다. 시조의 내적 구
조를 잘 파악하여 시인이 상상하는 바와 그 구조 사이의 동종
성을 찾아내고 그리하여 가장 효율적인 방식으로 서정을 드러
내는 데에 시조 형식을 사용하는 것이다. 시조의 형식은 초, 중,
종장의 세 장으로 구성되어 있는데 그것은 중국의 한시나 일본
의 하이쿠와 시조를 근원적으로 구별하게 하는 요소이다. 초,
중장은 주체 대신 대상에 대한 묘사나 재현에 주로 바쳐진다는
것, 그리고 종장에 이르면 급격한 전환이 이루어지면서 서경이

아닌 서정이 주를 이루게 된다는 것이 가장 기본적인 시조의 구성 원리이다. 윤종순 시인의 텍스트에는 그러한 서경과 서정의 구조가 모범적으로 드러나 있다. 그러나 시조의 형식을 따르느라 훼손되는 시어나 굴절된 이미지는 그의 텍스트에서 발견되지 않는다. 상상력이 풍부하고 어휘의 저장고에 보배로운 시어들을 쌓아두고 있는 시인은 형식을 위해서 내용을 굴절되게 변형할 필요를 느끼지 못하기 때문이다. 「꽃의 기억」은 단시조의 형식 속에 선명한 시상을 부린 텍스트 중 대표적인 작품이다.

낙동강 물길 따라
흘러가는 금계국

삼삼오오 짝을 지어
꽃길을 따라간다

자꾸만
뒤돌아본다
굽이지는 첫사랑
　–「꽃의 기억」전문

초장에서는 강물을 따라 떠내려가는 금계국이 등장한다. 그리고 중장에 이르면 그 꽃이 하나가 아니라 여럿임을 알 수 있다. '삼삼오오 짝을 지어' 구절이 자연스럽고도 낭랑하게 그 변주를 이끌고 있다. 거기에 꽃길이라는 시어도 곁들여 강물을 따라가는 그 여행길이 바로 꽃의 길이라는 것을 말해준다. 그런데 종장에 이르면 초, 중장에서는 암시된 바가 없었던 첫사랑이 등장한다. 그것도 '굽이지는'이라는 선행 구와 짝을 이루어 나타난다. 두 구절이 함께 등장하는 것은 그 첫사랑이 왜 '뒤돌아본다'라는 표현을 뒤따르게 되는지를 분명하게 보여주기 위함이다. 강물이 휘돌아 흐르게 되는 어느 구비에 이르면 순조롭게 떠내려가던 꽃들은 잠시 머뭇거리거나 역행하는 듯한 모습을 보인다. 그 장면에서 시인은 첫사랑을 생각할 수밖에 없다. 이 구절의 첫사랑은 첫사랑의 대상을 지칭하는 것일 수도 있고 혹은 첫사랑의 기억이 될 수도 있다. 그 점은 분명하지 않은데 오히려 지칭하는 바가 그처럼 모호하기에 더 시적이라 할 수 있다. 시어의 특징은 두 겹의 의미가 한 어휘 속에 겹쳐 나타날 수 있다는 사실에 있기 때문이다. 시적 언어의 애매성 혹은 모호성으로 번역되는 ambiguity가 모범적으로 구현되고 있음을 볼 수 있다. 이 텍스트는 초, 중, 종장이 서로를 간섭하는 일 없이 적절히 균형을 이루면서도 하나로 어울려 긴장된 텍스트를 만들어낼 수 있다는 것을 잘 보여준다. 「태풍 불던 날」과 「찰나」에서도 시조의 균제된 형식 속에서 더욱 또렷하고 선명해지는 이미지를 발견할 수 있다.

강풍으로 배달된
수능 날 시험지다

뒤집힌 정답들이
진로를 바꾸는 중

빗나간 예상 문제를
허둥지둥 적고 있다
        ─「태풍 불던 날」 전문

「태풍 불던 날」에서도 시조의 형식 속에 적절하게 부린 상상력의 힘이 충분히 느껴진다. 시어를 배치하면서 감추고 드러내는 시인의 솜씨가 두드러져 보인다. 시조의 형식을 충분히 익혀 두려움 없이 활용하는 모습을 다시 확인하게 한다. 시조 형식이 윤종순 시인에게는 구속이 아니라 오히려 그로 하여금 더욱 자유롭게 상상력을 전개하도록 돕고 있음을 볼 수 있다.

가을 하늘 배경으로

잠자리 탑을 돌다

찰주 끝에 미동 없이
좌선하는 모습에

햇살도 알아차리고
고요로 숨을 쉰다
　－「찰나」 전문


　「찰나」에 이르면 윤종순 시인에게는 시조 텍스트를 빚는 일
이 일종의 종교적 제의를 행하는 것처럼 경건한 일이기도 하다
는 것을 알 수 있다. 잠자리가 찰주 끝에 가만히 머무는 모습을
좌선하는 승려의 모습과 동일시하는 데에서 그 잠자리가 곧 시
인의 형상을 닮았음을 알 수 있다. 미동 없는 잠자리는 텍스트
를 완성한 후 비로소 안심하는 시인의 모습이기도 한 것이다.
적절한 이미지를 발견하여 텍스트에 부리는 과정이 곧 좌선의
자세를 연상하게 한다. 우리말의 섬세한 결들을 살피고 골라내
는 여정의 끝에 한 편의 시조 텍스트를 빚어낼 때, 그 순간 세상
은 문득 고요해지고 평화로워질 것이다. 햇살조차 숨을 죽이는
우주적 조화를 꿈꾸는 시인의 모습을 다시 한번 텍스트에서 발
견할 수 있다.

모든 것이 머물러 있지 않고 변화하고 있기에 우리 시대는 진정한 격동의 시대를 향해 가고 있는 듯하다. 기계에게 우리가 할 일을 내주고 갈 길을 몰라 방황하는 모습이 이 시대 군상의 초상인 듯도 하다. 그래도 해마다 봄은 돌아오고 프리지어꽃은 노랗게 향기를 터뜨리고 바람은 왈츠를 함께 추자고 청할 것이다. 오늘을 사는 우리의 모습이 희멀건 낮달 같을지라도 윤종순 시인은 거기 진달래 꽃잎 한 장 얹자고 독자에게 권한다. 설렘이 오래전에 우리 기억으로부터 멀어졌다 할지라도 두려움보다는 설렘으로 하루하루 살아가자고 말한다. 풀숲을 뒤지면서 새로운 텍스트를 찾아내거나 빚어낼 터이니 다시 삶의 모습을 함께 가다듬자고 유혹한다. 선명한 이미지의 언어들로 구성된 한 권의 텍스트를 앞에 두고 흔쾌히 그 유혹에 빠져들 결심을 해본다.

# 환호하는 봄날이다

—

초판 1쇄  2024년 8월 20일
지은이  윤종순
펴낸이  김영재
펴낸곳  책만드는집

—

주소  서울 마포구 양화로3길 99, 4층 (04022)
전화  3142-1585·6
팩스  336-8908
전자우편  chaekjip@naver.com
출판등록  1994년 1월 13일 제10-927호
ⓒ 윤종순, 2024

—

* 본 도서는 2024년 부산광역시, 부산문화재단 〈부산문화예술지원사업〉으로 지원을 받았습니다.

**B 부산광역시** BUSAN METROPOLITAN CITY  **부산문화재단** BUSAN CULTURAL FOUNDATION

—

ISBN  978-89-7944-876-4 (04810)
ISBN  978-89-7944-354-7 (세트)